JN324926

詩集　ひとりカレンダー

トーマ・ヒロコ

ボーダーインク

目次

トウキョウ・ガール★フロム・リュウキュウのうた

トウキョウ・ガール★フロム・リュウキュウのうた

ひとりカレンダー

五日には音楽雑誌を買う
ついでに洋服も見て回ろう
一六日には定期が切れる
そろそろ家賃を払いに行こう
二八日にはファッション雑誌を買う
もうすぐ通帳の数字が増える

あと何度繰り返せば君に会える？
君の目を見られる私になれる？
壁のカレンダーを睨む

散らかった六畳で、タバコの煙が立ち上る休憩室で

週末のアルコールに満ちた終電を降り
ふらふら歩く帰り道
君の声と訛りが聞きたくなった

取り出した携帯の画面をしばらく睨む
ボタンを押すことはなく
代わりに携帯を折りたたむパキッという音

見上げた空にはそれなりの数の星が光っている

七月三十一日の手紙　～静かな空の下で～

ヘリの飛ばない静かな街から手紙を送ろう
生まれ育った島を出てもう四ヶ月
この街からふるさとを見てみたいと思ったのだ
しかしこの街からふるさとは遠くてあまり見えない
島からこの街を見ていた時は
そう遠く思えなかったのに

まわりの人々は
私に島の食べ物について聞いてくる
特別な店に行かなくても

島の食べ物が私たちを出迎えてくれる
ゴーヤー、黒糖、ちんすこう、スッパイマン
島の食べ物はみんなに愛されている

しかしこの街で知られているのは
島の食べ物のことだけなのではないかと思うのだ
この街の人々にも知っていてほしいこと
この街の人々と一緒に考えたいこと
島の空や海や花や食べ物のように
明るい色をしていないことが
この街にうまく届いていないように思えるのだ

祖父は三線が得意だったと聞く
私は三線の音の入った騒々しい歌を聴きながら電車に揺られ
毎日家と会社を行き来している

そしてヘリの飛ばない静かな空を見上げて思う
私のふるさともこの街のようになればいいのに、と

翻訳

更衣室で隣のロッカーを開ける手
その腕に光る時計
「あいっ、その腕時計上等だね」
「上等」はきっと最上級の褒め言葉
けれど言われた方は怪訝な顔
「あ、その時計すごくかっこいい」

後輩が私のグラスにビール瓶を傾ける
「とーとーとーとー」
出そうになった言葉をあわてて胃に押し込める

グラスは黄色く染まっていく
「あー、その辺で」

「そんなにてーげーでいいの？」
「あの人、またふゆーしている」
「何とぅるばっているの？」

馴染んできた言葉で話したくても
みんなの不思議がる顔が目に浮かぶ
だからといってうまく訳などできない
日本語を当てはめてみたところで
島の言葉ほどの色は出せない
赤は桃色　黄色は肌色　青は水色
薄くなって物足りない

口に出せなかった言葉たちは血液に溶けて
私の体内をぐるぐるぐると駆けめぐる
名乗らなくてもわかる家族と電波で繋がるその時まで
島の仲間と乾杯するその時まで

工場の片隅
機械にうっかり頭をぶつけ
「あがっ」と小さく声を上げる

※てーげー…適当に
※ふゆー…怠ける
※とぅるばっている…ぼんやりしている
※あがー…痛い

背中

君って猫背だね
都会の男が言う
忘れていた
自分が猫背だということを
一年前のあの日まで忘れていた
金網を隔てたすぐ隣にある危険を

君の島の人ってみんな猫背なの？
男は言葉とともに煙草の煙を吐く
そんなわけないでしょ

口ではそう言いながら
心の中ではそうなのかもしれないと呟く

黒い煙、黒い壁、黒い木々
あの日の学舎は日本ではなかった
みるみるうちにアメリカになっていた
世界地図では見えないような小さな島
話すことを禁じられた島の言葉
自由すぎる迷彩服
かたかしらの時代から今に至るまで
押さえつけられ何も言えずに
悔しさが肩にのしかかる

海を渡った私は叫ぶ
ヤマト世、地上戦、アメリカ世、金網、戦闘機

男は耳をふさぎながら笑う
青い空、白い砂浜、赤瓦、シークヮーサー、ハイビスカス
明るい色で暗闇をかき消そうとする
悲しさが背中にのしかかる

ネオンの光る街が男の庭
私の庭は金網を取り払ったあの場所
私は背筋を伸ばして自分の庭を闊歩したいのだ

※かたかしら…王府時代の成人男子の髪型。結い方は、頭の中央部分をそり（中ぞり）、さらにその周囲を短く切り（内切り）残りのまわりの髪を頭の頂で束ねて、直径約三センチ・高さ約三～四センチのやや卵形に結い上げる。

線路に鞄

いつもの駅のいつものホームでいつもの電車を待つ
いつもの黒い鞄をかついで
まだ電車の来ない線路に落ちているのは
ペットボトル、ビニール傘、お菓子の袋

向かいのホームには白とピンクの服の女の子
ごつごつした手につながれた右手
薬指に光る小さな石
左手には白い小さな鞄

いつもの電車に乗って大きな駅に着けば

乗ったことのない電車に乗りかえ
行ったことのない駅を目指そう
この先再び行くことのない駅に降りたなら
大きな黒い鞄を線路に投げ捨ててしまえばいい
そして財布だけ持って真昼の光に目を細め
いつもの駅に戻ればいい

いくら白とピンクの服を着ても
かついでいるのは黒い大きな鞄
寄りかかれる肩も
素直に涙を流せる場所もない

投げ捨てたい　投げ捨てられない　だから投げ捨てない
手放したい　手放せない　だから手放さない
終わりたい　終われない　だから終わらない
とっくに醒めた夢の続きを思い描いてしまう

今日もいつもの駅のいつものホームでいつもの電車を待つ
カンカンカンという音に続いて踏切が閉まる
はき出された人々と入れ違いに滑り込む
定期で行けるいつもの場所へ
黒い大きな鞄をかついで

朝は誰かに

朝はヘッドホンが欠かせない
ロック　パンク　ヒップホップにレゲエ
弾けるリズム　ゆかいなメロディー
曇り空を破るような声に背中を押され
社会のスタートラインに立つ
iPodが充電切れになっていた朝は
急いで早く探さなきゃコンセント
iPodも私もコンセントに繋がっていたい

ネットの世界を覗いてみれば

怒りを綴っている人がいる
朝はテレビの前でトーストをほおばるのが習慣
明るく強く生きる一五分の世界の主人公に
背中を押され家を出る
あの日上司を怒らせ
かわいい彼女を泣かせてしまった
悪いのはあの日最終回のドラマが
ハッピーエンドじゃなかったせい

斜め前に馴染みの顔
眼鏡の似合うサラリーマン
ヘッドホンもしないしドラマも見ない
ただ通信教育のテキストのページをめくる
あの人が輝くのは朝日のせいだけではない
眠気と無表情が並ぶ車両の中

ただ一人新しい自分を目指す
左手の指輪が物語る
一生一緒にいようと決めたひと
その手が毎朝あの人の背中を押す

私のこの手もいつか
誰かの朝の背中を押すのだろう
時に優しく時に力強く
押せるだろうか
今日もため息二つ三つ
そんな風じゃまだ駄目だ
まだ誰の背中も押せやしない

左側の人

いつから急いで歩くようになったのだろう
エスカレーターの右側を
今日は改札を出たところで待ち合わせ
まだあと一〇分もあるのに

いつから心の中で毒づくようになったのだろう
右側に立っているおばちゃんに
「はっさ、これだから田舎者は困るばーよ」
自分も田舎者だというのに

急がない人は左側に立ち
急いでいる人は右側を歩く
一年半前までは知らなかった常識

半年ぶりの家族みんなで囲む食卓
ブロッコリー、じゃがいも、マカロニ
あまり食べなくなった食べものたちが目立つ
「エスカレーターなんて歩かないけどね。そんなに急ぐ必要ないし」
マカロニサラダを食べながら母は言う
「あんた向こうでもマカロニよく食べてるの?」
「いや、茹でるのが面倒であんまり食べない」
窓の外からは蝉の声と子どもたちの歓声

仕事帰りの電車を降りてエスカレーターに乗る
エスカレーターの左側に立ち

急いで右側を歩いていく人々の後ろ姿を見ながら考える
帰ったらマカロニを茹でよう
シーチキンと卵とニラと一緒に炒めよう
小さい頃から好きな味
「ひと手間かけるとおいしくなるのよ」
母の新しい口癖を真似てみる

カテイのうた

（先輩へ贈った詩）

許し合おう　許し合おう
出会う前のそれぞれの道
違いを挙げたらきりがない
歩み寄ろう　歩み寄ろう
君は少し私色に
私は少し君色に
わたしたちの色の明かりを灯そう

味噌汁に塩をひとつまみ
ほら、味が引き締まる
今日も一日お疲れさま
食卓を囲もう
聞こえるかしら
もうすぐ生まれるあなたに
あなたを待つ家族の笑い声が

リュウキュウ・ガールのうた

一ケ月

お世話になりました
緑の電車に一礼する
元気でな、また来いよ
羽田発那覇行
降り立った蘭の咲き乱れる空港
優しく見えないのは気のせいだろうか
窓辺から見た青空が

スタンドではなく、給油所
教習所ではなく、自練

正座ではなく、ひざまずき
かっこいいではなく素敵でもなく、上等！

翻訳せずにすむ気楽さ
訛りたいように訛ることのできる自由さ
自分と同じ苗字がそこらじゅうにある心強さ
だけど気付けば一人ため息をついている

電車で鎌倉小旅行もいいけれど
海が呼んでいる　やんばるドライブ
「ハイサイ、グスーヨー、チューウガナビラ！」
ラジオからはごきげんＤＪの声

フーチバーそばを食べた帰り道
ソーキそばを食べたくなる

それでも気付けば一人ひざを抱えている

緑の電車に揺られた仲間たちは
私が毎日楽しく乾杯していると思っているだろう

だから手紙が書けない
メールが打てない

「毎日てぃーだ雨《あみ》が降っています」
特筆すべきことはこれくらい
いやいやこれでは通じない
「毎日天気雨が降っています」

まだ私は翻訳しているのだと苦笑する
車をとばし今日はＫｉｒｏｒｏを唄う
「帰る場所」はここのはずだが
誰が「お帰り」と言えば
心から「ただいま」と言えるのだろう
わナンバーが私の車を追い越していく

※ハイサイ、グスーヨー、チューウガナビラ…みなさん、こんにちは

冬の花

ハローウィンのＴＳＵＴＡＹＡ
平積みされた『ＣａｎＣａｍ』の表紙に躍る文字
「クリスマス♥デートスタイル最新版」
もうクリスマス？
何も買わずに店を出て
まだまだ先じゃないかと思いながら
家路の途中にすれ違う
日傘を差したセーラー服の女の子

あっという間にクリスマス

ハンドルを握る手にジリリと日が差す
まだイルミネーションの灯らない昼間の町
足早に歩く奥さん
片手にケーキ
片手に日傘を差して

年が明ければ年賀状の束に
思いがけない人の名前を見つけ
あわててお返事
ポストへ急ぎ足
おや、あの人も同じようだ
向こうから黒い日傘を差し
年賀状を持った人がやって来る

サンエーのムーチー特設コーナー
サンニンの葉　もち粉　ビニール紐
ムーチー作りを助けてくれる
便利な材料たち
品定めをする新米ママ
カートにかかっているのは白い日傘

とまりんの前
歩行者信号が青になるのを待つ
「さすが常夏の島、冬も日傘なんて」
声の主は若い観光客カップル
横断歩道の向こうには日傘を差した女の人
私が知っているこの島の冬はこうではなかった
すっかり変わってしまった
いくつかの冬を留守にしていた間に

太陽に向かって咲く日傘の花
オゾンホールの向こうに咲く花たちを見て
太陽は何を思うのだろう
取り戻そう
黒や白の花が咲かない冬を
手をこまねいているわけにはいかない
手遅れかもしれなくても

レジ袋を断るのに慣れてきた
サンエーカードにマイバッグポイントが貯まる
マックスバリュの買物袋カードのスタンプが増える
身近なエコでいい気分

しかしみんながマイバッグを使えば
レジ袋工場の人たちの生活はどうなるだろう

そんなことを考えながら横切る
マックスバリュの駐車場
片手にマイバッグ
片手に日傘を差して

※ムーチー…行事料理の一つ。餅。糯米粉《もちごめ》に水を加えてこね、平たく、長方形に形を整え、サンニン（月桃）やクバ（ビロウ）の葉で包んで藁で結び、蒸す。旧暦一二月八日の鬼餅の行事に用いられ、仏前に供えて厄払いをする。子どものいる家では、その年の数だけ紐で結んで天井からつるす。

細い糸

糸が切れないように
乱暴な風が吹きそうになったら
手で風をさえぎる
さえぎるのが遅くて
風が糸を切ったなら
そっと糸を結ぶだけ
結び目が目立たなくなるまで
じっと見守るだけ

わかっている

あの人に悪気がないことは
乱暴な風だって
挨拶のようなもの
だけど糸は耐えきれずに切れてしまう

糸を濡らさないように
冷たい雨が降りそうになったら
傘を広げる
傘が古くて雨漏りして
雨粒が糸を濡らしたなら
雨が止むのを待つだけ
お日さまが出て糸が乾くのを
じっと待つだけ

雲間から差すひとすじの光
手を伸ばしてそれをつかむ
離さないようにしっかりと

もっと強くて太い糸を作ろう
でも忘れないで
細くて弱い糸のことを

誰かの糸を切ってしまわないように
誰かの糸を濡らしてしまわないように

仕事始め

開き直ってしまう
一二月三〇日ぐらいになると
今年やり残したことを思い出し
焦りだす人もいる
私は焦らない
今年やり残したことは来年の目標にする
来年になれば何でもできそうな気がする
何て楽観的なのかと自分で呆れる

小さい頃思い描いていた

大人になった自分
背が高くてサラサラロングヘアの美人
大人になってみても
背は低いまま
髪は長いがサラサラとは言い難い
想像通りの美人になるには整形でもするしかない
大きくなれば別人のように変われるような気がしていた
想像は自由でいいものだと苦笑する

年が明けると言ったたって
二三時五九分が〇時〇分に変わるだけ
今日が明日に変わるだけ
慌てず騒がず静かに迎えよう

九連休もあっという間
気付けばバス停に向かって歩いている
一月五日の曇り空の朝
乗り込んだバス
女子高生と相席になりうとうとする
「明けましておめでとうございます」
運転手のアナウンスで目を覚ます
背筋がピンと伸びる

今年もあと三六〇日
背はもう伸びないけど髪はもう少し伸ばそう
美しくなるための努力を重ね続けよう
小さい頃思い描いた自分を目指したい
持ち越した目標を叶えよう
去年と違う私になりたい

楽観的な考えを
自由な想像を
現実にするため動き出せ
そう思いながらまたうとうとし始める

6・23×4

島を離れて初めて迎えた6・23
海のない町のテレビに映る摩文仁の丘
男の子が平和の詩を読んでいる
「小学生がこんなこと言っても説得力がない」
「言わされている感じがする」
「戦争体験者が読むならわかるけど」
テレビの前のしらけた空気
言葉の槍が胸を刺す
これが正しいと思っていた
あぁ、わからなくなる
なぜ小学生が詩を読むのか

海のない町で迎える二度目の6・23
もっと海から離れた町へ電車に揺られ行く
島の友達と聴く島の歌い手のコンサート
オレンジや黄色や鮮やかな青い色をした歌ばかり
この日を一緒にじっくり共有したかったのに
アパートに戻りつけたテレビの向こう
赤瓦の家の前に立つあの人を見て安堵する
あの人の語る言葉が私を強くしてくれる

海のない町で迎える三度目の6・23
みんなはもうすぐ温泉町へ着く頃だろう
私はアパートで一人手を合わせる

今ならわかる
なぜ小学生が詩を読むのか
おじいちゃんおばあちゃんから
お父さんお母さんへ
子どもへ　孫へ
語り継ぐ記憶　平和への思い
僕は確かに受け止めた
僕も伝える　次の世代へ
守るべきもののためのリレー

でもわからなくなることもある
机の上に広げた紙切れたち
島から送られてきた新聞の切り抜き
ただ字を目で追うことしかできない
海のない町の暮らしに慣れすぎたのかもしれない
島から遠く離れてしまったのだ

島で迎える6・23
祖母が生き延びてくれたからこそ
自分がいるということ
噛みしめながら顔を洗う

テレビもラジオもない部屋
志高く目標に向かって鉛筆を動かす人々の中
ブーブーブー
マナーモードにした携帯が鳴り
鉛筆を置いて手を合わせる

窓の外に見える空は優しい青

あとがき

もしも私が玉の輿に乗ったとして、夫が「君はもう外に働きに出なくていい。家事もしなくてもいい。思う存分執筆に専念してくれたまえ」と言ってくれたとする。しかしそのような環境の中で、はたして良いものが書けるだろうか。家族や親しい友達の存在はもちろん大切だが、それ以外の人々と交わり、刺激を受けたり傷付いたりすることで良いものが書けるのではないだろうか。というようなことを、よく考える。

この詩集には私が社会人になってから、東京と沖縄で書いた詩を収めた。どれか一篇でも一節でも、読んで下さった方の心に響けば幸いである。

二〇〇九年一月

トーマ・ヒロコ

初出一覧

ひとりカレンダー（二〇〇六年）『詩誌　1999』Vol.3
七月三十一日の手紙　～静かな空の下で～（二〇〇五年）『詩と批評　キジムナー通信』第二六号
翻訳　（二〇〇六年）『現代詩手帖』二〇〇六年六月号（思潮社）
背中　（二〇〇五年）『詩誌　1999』Vol.2　第一五回詩と思想新人賞候補
線路に鞄　（二〇〇六年）『詩と批評　ミて』第八二号
朝は誰かに　（二〇〇六年）『詩誌　1999』Vol.4
左側の人　（二〇〇六年）『はなうる　第二回「おきなわ文学賞」作品集二〇〇六』
（財団法人沖縄県文化振興会）詩部門佳作受賞
カテイのうた　（二〇〇七年）先輩へ贈った詩
一ヶ月　（二〇〇七年）『はなうる　第三回「おきなわ文学賞」作品集二〇〇七』
（財団法人沖縄県文化振興会）詩部門佳作受賞
冬の花　（二〇〇八年）『はなうる　第四回「おきなわ文学賞」作品集二〇〇八』
（財団法人沖縄県文化振興会）詩部門佳作受賞
細い糸　（二〇〇八年）未発表
仕事始め　（二〇〇九年）『季刊詩誌　あすら』第一五号
6・23×4　（二〇〇八年）未発表

参考・引用文献

『沖縄大百科事典』（沖縄タイムス社）
『琉和英の単語集　しまくとぅば』真栄城洋子

トーマ・ヒロコ

1982年、沖縄県浦添市生まれ
沖縄国際大学総合文化学部日本文化学科卒業
沖縄国際大学文芸部のOB・OGで作る『詩誌1999』のメンバー
詩集『ラジオをつけない日』、エッセイ集『裏通りを闊歩』がある

HirokoToma Offical Website
http://mumirock1.wixsite.com/hiroko-toma
ブログ「文化系★ふつうのおきなわ」
http://tokyogirlfr.ti-da.net/

詩集　ひとりカレンダー

2009年3月29日初版発行
2017年1月15日二刷発行

著　者　トーマ・ヒロコ
発行者　池宮　紀子
発行所　ボーダーインク
沖縄県那覇市与儀226-3　TEL 098-835-2777
http://www.borderink.com
印刷所　株式会社　東洋企画印刷

ISBN978-89982-155-7　©TOMA Hiroko 2009